LE
MONUMENT DE MOLIÈRE.

LE MONUMENT DE MOLIÈRE.

Ma muse à son berceau ne connut que les pleurs,
Et j'ai voué ma lyre au culte des douleurs.

O Molière! Molière, ô génie, ô puissance;
Tu sais ce que l'amour et la reconnaissance
Au cœur d'un vrai poète allument de flambeaux;
Ah! dans les profondeurs de la nuit des tombeaux,
Si ta grande ombre encore à travers notre histoire,
Entend le bruit lointain de ton immense gloire;
A travers tous ces cris, ces applaudissements
Que l'univers charmé t'adresse à tous moments,
Puisses-tu reconnaître une âme qui t'implore,
Un poète qui pleure et t'envie et t'adore.
Je suis bien bas, Molière, au fond de l'inconnu
Il faut que ton regard cherche où je suis venu;
Mais le regard de l'aigle à travers les abîmes
Plonge comme l'éclair et choisit ses victimes.

1843

C.

Molière, saisis moi. Que l'esprit de douleur
Qui poursuit le génie et déchirait ton cœur,
Épuise en un seul jour sous ta serre puissante,
Tout le feu de mon cœur; mais qu'au moins je te chante.
Ah ! n'attends pas de moi l'hymne pur et sacré
L'Ode antique et superbe au langage inspiré ;
Car les temps ne sont plus où les peuples en fête,
Avec un bruit de mains semblable à la tempête,
Immolant cent taureaux pour mieux lui faire honneur
Couronnaïent de lauriers le poète vainqueur.
Pourtant, il est encor des cœurs tout pleins de flamme;
Des cœurs portant au ciel ces vœux qui font d'une âme
Un temple dont l'idole est la Gloire ou l'Amour;
Mais tout est si changé depuis ton dernier jour,
Que s'il t'était permis pour revoir notre monde,
De traverser soudain toute la nuit profonde,
Tout l'espace inconnu dont la tombe est le seuil,
Tu voudrais aussitôt rentrer dans ton cerceuil.

Ce fut un bien grand siècle.—Au sommet de la France
Vainqueur et tout puissant, plein de magnificence,
Résumant en lui seul et l'état et les lois,
Louis-Quatorze donnait le dernier mot des Rois.

Du fond de ses châteaux, tout ce que la noblesse
Avait caché longtemps de beauté, de jeunesse,
Secouant tout à coup le féodal sommeil,
Accourait à l'envi saluer le soleil.

Adieu donc pour jamais les pesantes armures,
Les orgueilleuses tours et les fières masures ;
Le Seigneur en partant jette un dernier regard
Sur la sombre demeure où dort son étendard.

Le cor ne viendra plus réveiller l'homme d'arme ;
Les hiboux seuls la nuit y sonneront l'alarme....
Et l'on dit à l'entour, qu'un immense malheur
Doit accabler bientôt la race du Seigneur.

Cependant, près du trône, un ruban, un sourire,
Enchaînent ces Barons dont le pouvoir expire.
Ils prodiguent partout et leur sang et leur or ;
Ces fils des conquérants n'ont-ils pas tout encor
Tant qu'ils ont une épée ?... ils prennent donc en joie
Cette cour de Versaille où le ciel les envoie.
Dans leurs petits soupers, leurs petits vers galants,
D'esprit et d'allégresse ils sont étincelants.
L'Europe les envie, et leurs belles épouses
Se disputent le Maître en rivales jalouses.

Puis, avec appareil, on allait, aux beaux jours,
De quelques grands exploits régaler ses amours ;
Et vite, en revenant où se donnait des fêtes
Où Molière jouait ; et qui tournaient les têtes.
Avant l'heure du bal, pour attendrir les cœurs,
On allait applaudir la Tragédie en pleurs.

Et le peuple ébloui de ce train de victoire,
Payait sans murmurer ce que coûte la gloire.

Pendant plus de cent ans, au faîte des manoirs,
Les funèbres hiboux gémirent tous les soirs.
Et les vieillards disaient, aux enfants, à voix basse :
Ils tomberont bientôt; voici la mort qui passe.

Tout est tombé, Molière, et les belles amours
Et la fière noblesse et le trône et les tours;
Le peuple a renversé les reines des collines,
Et l'Eglise debout pleure sur des ruines.

Oui, le peuple, Molière; oui, ce peuple Vilain,
Ce vaincu, ce Manant, objet de leur dédain,
Lassé de labourer pour les grands de la terre
Et de ne récolter jamais que la misère,
S'écriant tout-à-coup à la face du ciel :
— C'est moi qui suis le Roi, le Monarque éternel !
Armant sa Majesté d'une pesante hache,
Et teignant dans le sang le vieux drapeau sans tache,
Pour essayer un peu le pouvoir de ses lois,
Du trône à l'échaffaud précipita ses Rois.
Alors il s'écria — vive la République!...
Courut offrir ses vœux à Vénus impudique,
Et toujours en hurlant — vive la Liberté!...
Déclara haine et guerre au monde épouvanté.

Pour chanter leurs combats, il faudrait de Pindare
    Les dactyles puissants ;
    Et mes rudes accents
    N'ont qu'un Rhythme barbare.

Quand le long des chemins je vous vois revenir,
Vieillards ! vous me semblez un vivant souvenir.
Ah ! jamais sans terreur je ne vous considère ;
Et vous êtes pour moi comme ces vieux vaisseaux
Que l'on sait avoir fait plus d'un tour de la terre
    Vainqueurs de la fureur des eaux.

    O Pindare, Pindare,
    Génie éblouissant ;
    Oh ! langage impuissant,
    Oh ! langage barbare.

Quel cortége effrayant le long d'un soir d'hiver
Doit passer dans votre ombre en vous glaçant la chair.
Que de pleurs, que de sang, de débris et de gloire,
Que de chants de triomphe... et surtout que de morts!
Chaque ride à vos fronts est un mot de l'histoire
    Où le trait d'ongle du Remords.

Pour vous chanter, ô vieillards Homériques,
    Le dithyrambe divin
    Et la harpe d'airain
    Seraient encor trop peu lyriques.

Vous avez fait trembler l'Europe sous vos pas ;
Vous lui faisiez des rois avec tous vos soldats ;
Vous avez entassé victoire sur victoire,
Vous avez égorgé ses fils par millions ;
Et vous avez alors fait un hymne à la gloire
     Avec des tas de vieux canons.

    O disciples d'Homère,
    Quelle vaste carrière !

Un hymne tout d'airain ; catafalque éternel
Couvert de bataillons escaladant le ciel ;
Que l'on dirait de loin sentir encor la poudre,
Qui porte à son sommet un homme dans les airs ;
Un empereur tombé, qui frappé de la foudre
     Effraye encor tout l'univers.

Ah ! terribles géants ; vingt ans de votre histoire
Ont rassemblé soudain tous les genres de gloire.
Rien ne vous a manqué ; Démosthène et César
Tour à tour en triomphe ont conduit votre char.
Et si le chaste sang d'innocentes victimes
Éclaboussa parfois votre sombre grandeur,
Le sort, dont la colère efface tous les crimes,
Le sort vous a lavés dans les eaux du malheur.
Et maintenant lassés de cinquante ans d'orages,
Vous devez détester tous ces tristes courages

Qui fatigués déjà d'un instant de repos,
Voudraient nous voir encore abandonnés aux flots;
Et sans songer pour eux qu'il y va de leur tête,
Au vent de l'avenir évoquent la tempête.

Car vois-tu bien, Molière, enfants de ces vieillards,
Nous en avons l'audace et l'amour des hasards.
Ecoute, écoute... au loin... des quatre coins du monde
Une sourde rumeur s'élève, monde et gronde;
Des signes effrayants planent sur l'univers,
Et Spartacus rugit en secouant ses fers.
Une main... une seule!... au dessus de nos têtes
A conjuré treize ans le démon des tempêtes,
Qui sombre et furieux, dans un dernier effort,
Attend pour s'élancer le secours de la Mort.

Pardonnez, ô vieillards, c'est le spectre invisible
Qui conduisait vos pas dans ce chemin terrible,
Qui maintenant nous crie : Allons, jeunes enfants,
Ne vous endormez pas sur des sables mouvants;
Marchez dans ce chemin qu'ont parcouru vos pères,
Marchez; l'histoire un jour vous paiera vos salaires.

Et nous, comme autrefois l'Hébreu dans les déserts,
Nous sommes arrivés aux bords des vastes mers.
Elles grondent... leur voix, leur grande voix tonnante
Leurs abîmes sans fond, leur onde mugissante

Ne nous ont point encor révélé nos destins.
Et le front incliné, la tête dans nos mains,
Sur ces bords où bientôt l'ennemi va paraître,
Nous regardons en mer le jour qui vient de naître;
Car on dit qu'à l'aurore elle doit s'entr'ouvrir
Pour nous livrer passage... ou pour nous engloutir.

Ah! Molière, au matin de ces grandes batailles,
Quand la Mort avec nous compte ses épousailles,
On n'a guère le temps d'écouter les auteurs,
Et le rire comique est bien loin de nos mœurs.
Oui, tout est bien changé; plus de brillants costumes,
Plus d'épée au côté, plus de chapeaux à plumes;
Plus de Marquis joyeux, plus de soupers le soir,
Nous marchons tous en deuil, tous habillés de noir.
La dispute a chassé la douce causerie,
A trente ans on est vieux; et la galanterie
Qui passait de ton temps pour pêché véniel,
L'amour est poursuivi comme un grand criminel;
Il est sombre, il se cache; on l'appelle Molière!
D'un nom de loi pénale, on l'appelle Adultère.
Sganarelle et Dandin, tous juges et jurés,
Contre le pauvre amour sont toujours conjurés;
Et comme ils font la loi, quand ils peuvent le prendre,
Ils ne parlent rien moins que de le faire pendre.
Il est vrai, qu'au besoin on retrouve toujours
Pour caresser leur Eve, un de ces jolis tours

Qui malgré soins et pas, verroux et sentinelle,
Depuis messire Adam, désolent Sganarelle ;
Mais comme les Daudins vous empoignent parfois,
La chose est, de beaucoup, moins drôle qu'autrefois.

Quand on croise le fer, c'est l'homme de police
Et non les maréchaux qui vous rendent justice.
Aujourd'hui dépouillé de ses airs valeureux
Don Juan n'a plus rien que ses épais cheveux.
Sans valet, sans argent et surtout sans maîtresse,
Quoiqu'il parle beaucoup de femme, de prouesse,
Don Juan court la rue avec un vieux chapeau ;
Il se dit incompris et ne boit que de l'eau.
Maintenant Célimène est une entretenue
Pour qui le beau langage est chose peu connue.
Tartuffe s'est chargé d'un tout autre attirail;
Il veut organiser la banque et le travail.
Orgon, c'est le bon peuple, et, son épouse Elmire,
C'est notre liberté qu'il veut encor séduire.
Le Misantrope est Dieu, qui loin des imposteurs
A fui dans l'infini nos vœux profanateurs.

Tout est changé te dis-je; aujourd'hui le théâtre
Est l'univers entier; la foule opiniâtre
Se cramponne à la rampe où sont ses orateurs
Et, dans l'ombre, les rois soufflent d'autres acteurs.
Ce n'est plus de beaux vers qu'on entend sur la scène;
Le poing sur la tribune, écumant, hors d'haleine,

Chaque acteur-tour à tour la rage dans les yeux,
Improvise à grands cris un rôle furieux.
Ce n'est plus pour charmer le prince et sa maîtresse
Que tout cela se fait; non, c'est d'une autre altesse,
C'est du peuple vainqueur, du peuple souverain
Qu'il s'agit d'obtenir le suffrage hautain ;
C'est pour lui qu'on est là, c'est à lui qu'il faut plaire.
Enfin le monde entier est l'immense parterre
Qui payant et jugeant ce drame palpitant,
Siffle à coups de canon quand il est mécontent.

Surtout, ne va pas croire, à ce récit étrange,
Que ta gloire elle-même, en ce monde où tout change
Ait pu subir la loi d'injustice et d'oubli.
Dans cette époque sombre où tout astre a pâli,
Au dessus des débris de cent mille naufrages,
Ton immortel renom resplendit sur les âges.
En passant devant toi quand leur tour est venu,
Les hommes dans leur marche à travers l'inconnu,
Voyant que tes héros étaient ce que nous sommes,
Applaudissent en toi le grand peintre des hommes.
Racine et Despréaux vers la postérité
Emportent notre honte à leur front insulté ;
Toi seul dans ton domaine, immense et solitaire,
Des fils de Trissotin écrase la colère.
C'est que l'homme, en effet, peut bien changer d'erreur
De croyance ou d'amour, mais non changer de cœur.

Eternel désespoir de tout homme qui pense,
Il ne reste après toi qu'à gémir en silence.
Car la carrière est vide, et tes puissantes mains
Ont épuisé pour nous les grands types humains.
D'ailleurs quand tout se fait par l'austère parole,
Le plus sublime auteur nous paraîtrait frivole ;
Et toi même aujourd'hui tu serais orateur.
Et vois donc à quel point le démon tentateur
Entraîne les esprits sur cette vaste scène
Dont la guerre a chassé Thalie et Melpomène ;
Moi, qui dès mon enfance, au fond de tes tableaux,
Cherchais à découvrir des horizons nouveaux ;
Moi, qui du cœur humain et du grand art de vivre,
Ai demandé quinze ans les secrets à ton livre ;
Aujourd'hui plein de toi; palpitant du desir
De jeter une fleur à ton grand souvenir,
Je n'ai pu te parler, à toi même, ô Molière ,
Que d'hommes révoltés, d'échaffauds et de guerre.

Mais qu'importent mes fleurs à celui dont la main
Eleva pour lui-même une gloire d'airain.

La gloire! en y songeant tout mon être s'enflamme.
La gloire! amour sacré qui dévore mon âme,
But de toute ma vie, objet désespérant!...
Ah! si de ton grand nom que j'invoque en pleurant,
Molière, tu pouvais protéger ma faiblesse
Et d'un éclat soudain couronner ma jeunesse ,

Quel souverain, quel Dieu, quel temple, quels bienfaits
D'un plus profond amour seraient payés jamais !

Au pied du monument que t'érige la France,
Je viendrais tous les ans, plein de reconnaissance,
La tête découverte et la foi dans le cœur,
T'offrir un pur encens d'orgueil et de bonheur.
Et dans l'âge pénible où la mort nous convie,
Tout courbé par le vent qui dessèche la vie,
Le front morne et pensif, on verrait chaque soir
Au pied de ta statue un pauvre vieux s'asseoir.
Il sera triste alors, il l'est déjà Molière;
Il viendrait te montrer ses titres de grand père;
Et mes petits enfants, imitant le vieillard,
Salueraient ta statue avec un long regard.

9 782329 172583